KB115061

그대의 정원

그대의 정원

발행일	2022년 12월 23일		
지은이	박은자		
펴낸이	손형국		
펴낸곳	(주)북랩		
편집인	선일영	편집	정두철, 배진용, 김현아, 류휘석, 김가람
디자인	이현수, 김민하, 김영주, 안유경	제작	박기성, 황동현, 구성우, 권태련
마케팅	김회란, 박진관		
출판등록	2004. 12. 1(제2012-000051호)		
주소	서울특별시 금천구 가산디지털 1로 168, 우림라이온스밸리 B동 B113~114호, C동 B101호		
홈페이지	www.book.co.kr		
전화번호	(02)2026-5777	팩스	(02)3159-9637
ISBN	979-11-6836-635-0 03810 (종이책)		979-11-6836-636-7 05810 (전자책)

(주)북랩 성공출판의 파트너
북랩 홈페이지와 패밀리 사이트에서 다양한 출판 솔루션을 만나 보세요!
홈페이지 book.co.kr • **블로그** blog.naver.com/essaybook • **출판문의** book@book.co.kr

작가 연락처 문의 ▸ ask.book.co.kr
작가 연락처는 개인정보이므로 북랩에서 알려드릴 수 없습니다.

그대의 정원

박은자 시집

북랩

시작하는 글

순례길 마지막 날
산티아고 데 콤포스텔라 광장에 도착해 엄마를 만났다.

40여 일 동안 800여 km를 걸어
녹초가 된 몸을 바닥에 버리듯
던져놓고 어깨가 들썩이도록 울고 있었는데,
엄마가 다가와
채송화 같은 화사한 미소로,
백일홍 같은 애틋한 표정으로
그윽한 눈길로 날 바라보고 계셨다.

사실 엄마를 꿈속에서라도 만나고 싶었다.
어린 시절로 돌아가 그 품에 안기고 싶었지만,
단 한 번도 천국에서 내려오지 않으심에
좀 야속했는데,

그대의 정원

엄마를 만나게 된 것이다.

그러나 난,

온몸이 녹초가 되어 있었다.

열 발가락이 하나 같이 짓무르고,

몸은 납덩이를 매단 것처럼 무거웠다.

거기다 낯선 환경이 더해지자,

돌덩이 같던 생각이 리셋Reset되었다.

사라진 기억이 꿈틀거리기 시작했다.

회한의 상처가 되살아나더니,

방황했던 30여 년 전의 일까지 떠올랐다.

더 이상 참을 수 없어 두 손으로 가슴을 움켜잡으려는데

엄마가 내 손을 꼬옥 잡아주셨다.

하염없이 흘러내리는 눈물을

더 이상 두고 볼 수 없던지,

그 눈물을 닦아주시더니

등을 도닥이시며, 끌어안아 주셨다.

그리고 불어 터진 발가락 하나하나를 어루만지시며,

머리를 쓰다듬어주셨다.

이렇게 얼마나 지났을까?

엄마가 들썩이는 내 어깨를 부여잡고, 하시는 말씀이,

"원 없이 울어라, 운다고 지난 시간으로 되돌아갈 수는 없지만,
그래도 울어야 마음의 응어리가 풀어진다."라며
내 머리에 아름다운 분홍 꽃까지 꽂아주셨다.

벌써 예전 일이 되어버렸다.
그때 하늘은 유난히 파랬었다.
지천으로 널려있는 꽃이 바람에 잔잔히 너울거렸고,
그 위로 나비가 춤추고 있었다.
거기서 한 소녀가
엄마의 치맛자락을 잡고, 거닐거나 훨훨 날아다녔다.
그리고 밝은 미소를 띠며, 상처가 있는 기억을 찾아 소쿠리에
담고 있었다.

대부분 보잘것없는 것들로,
가시가 있는 양심, 거짓된 진실, 혼자만 간직하고 있는 비밀,
그리고 거짓과 위선, 원망 등의 이름표를 달고 있었다.
이를 쓰레기통에 버리고, 마음을 비웠어야 했는데,

그대의 정원

보자기에 꾸역꾸역 싸서 돌아온 지 4년이 지나서야
깨달았다.

엄마는 늘 내 곁에 계신다는 것을,
바로 내가 그 엄마라는 것을,

우리 엄마는 지금, 이 순간도 씨앗을 뿌리고,
물을 주고, 잡초를 뽑으며, 정원에 꽃을 피우기 위해,
온 정성을 다하고 계신다는 사실을,

더 이상 울지 않으려 한다.

그 보자기가 탕 나고 좀이 쓸어 누더기가 되어가도
자연스러운 일로 받아들이면서,
오로지 '그대의 정원'에 아름다운 꽃이 피도록,
10월의 그윽한 커피 향을 갈바람에 실어 보내려 한다.

산티아고 순례길: 2018년 3월 16일부터 4월 24일까지 40일에 걸쳐 800
여 km를 걸어서 완주했다.

차례

7

인생(위로)

여행

여행의 힘-
두고 온 그 자리, 바람이 훑고 지나간
텅 빈 들판에 서서 잃어버린
나를 찾아내는 시간이다.
여행이란!

낯선 여행

단순히 떠나는 게 아니다.
불투명해서 두렵지만 하얀 도화지 닮은
낯선 길 위에서 만날 수많은 상상 속 이야기

막연한 설렘은
하늘빛을 노래하는 가벼운 자유

바람결이 이끄는 곳으로
나뭇잎이 유혹하는 곳으로
굽이쳐 흐르는 계곡마다
나그네의 그림자 뒤따라온다.

침묵의 외로운 갈증 위에
삶의 여운을 그려본다.

낯선 땅을 밟으며
낯선 이의 미소를 마주하니
떠나온 자리의 간절한 그리움

그대의 정원

자유 속에서 퍼 올린

행복한 구속의 가치를

텅 빈 가방에 주워 담고

낯익어서 평화로운 곳으로

귀향의 채비를 서두른다.

좋은 날

햇살 드리운 창가에 기대어
하얀 구름에 눈 맞추니 참 좋다.

솔가지 스치며
미소 짓는 바람결에
묵은내에 찌든 마음 닦아내니
참 청량하다.

얼어붙은 땅을 디디며
머지않아 초록으로 물들일
봄날을 기다리는 설렘.

하루를 살고
또 하루를 견디며
어제보다 나은 내일을
기다릴 수 있어서
아직은 그런 마음이
남아 있어서 기쁘다.

그대의 정원

그런 마음 곁에
빈자리로 남겨둔 여백
따스한 이야기로 채색되는
하루하루가 소중하다.

좋은 날!
좋은 동행!

통영 바닷가에서

삶에 의미를 부여하면
한순간도 아쉬운 게 없으리.

어촌 한 모퉁이
곳곳마다 사는 모습은 달라도
뜨거운 활력이 백사장을 달군다.

어둠이 남아있는 새벽.
삶을 건지려
출항의 닻을 올리는
늙은 어부의 주름진 얼굴이
구릿빛으로 당당하다.

떠오르는 태양아!
너를 닮아 불타오르는 마음으로
분주했던 하루를 더듬어 본다.

그대의 정원

철썩거리는 통영의 파도 소리가
찌든 고막 속을 씻어내며
위로의 한마디를 건넨다.

바다를 향하고
들판을 달리고
산을 오르는 너와 우리.
모두가 삶을 사랑하는
같은 모습이지.

그물 깁는 여인들

해풍이 지나간 자리
엉겨 붙은 삶처럼
뜨겁게 녹아내린 햇빛

땅끝, 바다 끝
아득히 먼 작은 섬 하나
파도의 품에 안겨 휴식을 취한다.

헝클어진 마음 기워내듯
분주하게 삶의 구멍을 꿰맨다.

갈매기 따라 먼 길 떠난
소식 없는 남편
마음속 한자리에 매어 두고

제 길 찾아 떠나버린
도시 속의 자식일랑
가슴 깊이 묻어둔 채

그대의 정원

친구보다 정겨운 소라 향기로 빈 가슴 어루만지며
낡은 그물 가득 채울 희망을 깁는다.

혼자여도 괜찮아

숲에서 마시는 커피 한 잔
갈색의 진한 향기와
그리움 한 스푼 더하니
홀로여도 마냥 행복하다

겨우내 떨던 나목들은
봄 햇살이 전해줄 물 한 모금
간절히 기다리고

새 한 마리 후두둑
짝 잃은 외로운 날갯짓에
우린 금방 친구가 되어
따스한 마음을 나눈다.

겨울 숲은 갈빛으로 쓸쓸하지만
기다림의 시간이 존재한다.
숲은 고요한 침묵으로
내일의 갈 길을 보여준다.

그대의 정원

길

세월 속의 유랑이 계곡을 이루고
심원을 울리는 멍든 자국들.

연속되는 망설임이 겹겹이 쌓일 때
또 하나의 길 위엔 내일이 핀다.

돌아보는 마음엔 아쉬움 가득
기억의 망각 속에 너를 보내고
새 길을 찾아 먼 길을 떠난다.

영원한 길
새로운 길
나를 찾아 떠나는 생각의 길.

편백나무의 숲에서

삶에 쉼표 하나 찍고 싶은 순간
떠나고 싶은 마음이 하나 되어
편백 숲에서 누린 행복

하늘을 향해 쭉쭉 뻗은 자태
탄성이 절로 나는 멋진 모습
아낌없이 내어 주는 피톤치드 향
우리의 나이를 서른쯤으로 돌려준
웃음 가득했던 날이었다.

바람결에 몸을 맡긴 편백의 춤사위가
햇살에 눈이 부셔
현실마저 잊게 만든 순간이었다.

모든 시름 잠시 내려놓고
숲에 누워 하늘을 보니
치솟는 편백의 기운이 온몸을 흔든다.

그대의 정원

흰 도화지에 물감으로 채색하고픈

동심의 시간으로 떠나본 여행

친구들의 해맑은 웃음꽃이

숲의 풍경을 더 아름답게 물들인 날

2020년 여름 초등 친구들과 축령산에서

인생 산행

인생은
홀로 슬픔을 삭이며
기어오르는 산행 같은 것

길을 따라 오르다 보면
듬직한 바위 하나
쉬어갈 의자를 만난다.

어스름한 어둠을 뚫고
불끈 솟아오르는 태양처럼

가끔씩 찾아오는
가슴 뜨거운 것들이
삶을 견디게 한다.

정상을 향해 흘린 땀방울을
바람에 씻겨 날려 버리듯

그대의 정원

그대가 일으킨 바람의 향기가

삶의 선물이 되어

비탈진 내리막길을 가볍게 한다.

길 위에서

연무 속의 꿈을 찾아 날개를 편다.
허공 위를 메우는 침묵의 연속
내면을 성장시키는 순간이었다.

꺼질 듯 말듯 마음속 등불은
나그네의 방황을 닮았다

생각을 잃어버린 어둠 속 그림자만
희미한 아침을 맞는다.

드넓은 대지 위에 우두커니 선
나의 존재는 언제나 홀로였다

생각이 머무는 낯선 곳
눈물도 흔들림도 멈춘 채

영원한 것들이 손짓하는
그 길을 걸어가야겠다.

그대의 정원

잠시 잃어버린

존재의 의미를 생각하며

여행의 힘

꼭 해내야만 하는 안간힘
가득 채우려는 욕심
고지를 향한 몸부림

고래 등 같은 넓은 집
번쩍거리는 보석
멋져야만 하는 옷차림

삶을 옭아매 온 치장과
욕심을 홀홀 벗어던지고
빛바랜 배낭에 옷 한 벌 담아
먼 길 떠난다.

들꽃, 갈대, 햇살에
정갈한 샤워를 하고
하얀 도화지처럼
순한 마음의 공간으로
돌아올 수 있는 내면의 채찍질 같은 것

그대의 정원

어느 날

거친 욕망이 고개를 세우고

또다시 달려들어도

두고 온 그 자리

바람이 훑고 지나간

텅 빈 들판에 서서

잃어버린 나를 찾아내는 시간이다

바람의 향기

멋진 풍경을 찾아
하늘, 바람, 갈대숲을
걷고 또 걸으며

자유로운 어울림에 감탄하고
바람이 전해주는 향기와
손 내미는 낯선 이의
정 하나에서
인생의 향내를 맡는다.

파란 하늘을 닮은 기쁨도
눈물로 수를 놓던 아득한 시간도
물살처럼 굽이쳐
또 흐르리.
향기로운 바람이 되어

2015년 배낭여행

그대의 정원

추 억

옛 추억-

세월의 흔적은 퇴색한 담벼락에 잿빛으로 물들어

정적의 시간으로 흐르고

추억을 꺼내다

옛날 옛날 아득한 옛날
서랍 속에 숨겨진 이야기 하나
담담한 웃음으로 풀어냈다

희미해진 지난날이
태풍처럼 스쳐 지나가고
콩콩대는 가슴을 억누르며
파란 하늘만 바라보았다

이 순간만큼은
하얀 백지가 되어버린
순수의 시간이었다.

수줍어 발개진 마음 한 구석에
쓸쓸한 초겨울 그날의 풍경을
가득 담아보리라

그대의 정원

잠시 멈춘 내 삶에

스쳐 지나갈

추억의 순간을 꺼내어

찻잔을 뜨겁게 채워본다

지금 이 시간

아련한 추억이
잿빛으로 퇴색한 마음에
영롱한 빛깔로 수를 놓습니다.

미래의 푸른 꿈을 꾸며
소녀의 가슴은 오직
한곳만을 지향했습니다.

세파의 역경을 모르는
순수한 눈망울로
함초롬한 미소만을 지을 뿐입니다.

하지만 주여!
당신의 어린 양은
첫걸음의 고통을 알게 되었습니다.

견뎌야 합니다.
굳게 걸어가야만 합니다.

그대의 정원

드높은 하늘을 향해

지금 이 시간

소망의 날갯짓을 시작합니다.

오월의 꿈

오월엔
파란 하늘보다 더 푸른
새싹들의 재잘거림이
희망의 움을 틔운다.

길섶 위에 곱게 핀
민들레 홀씨처럼
그리움 하나 바람에 실어
머언 창공으로 날려 보낸다.

그곳엔
세월이 가도 변하지 않는
어머니의 따스한 미소가 있다

해마다 오월이면
미처 전하지 못한 빨간 카네이션이
진한 눈물이 되어
반쪽 가슴을 시리게 한다.

그대의 정원

오색 빛 풍선을 닮은

새싹들의 함성이

희망이 되게 하는 오월은

그리움과 희망이 하나 되어

온 세상에 무지개 꽃을 피운다.

눈부신 오월엔

샘물처럼 마르지 않는 꿈을

자꾸만 자꾸만

퍼 올리고 싶어진다.

2008년 5월 어버이날에 부모님을 그리며

커피 한잔

둥근 탁자 위 커피 한 잔
마시기도 전 향기로 다가와
조용히 곁에 머문다.

너의 모습 떠올리며
그리움 하나 추가하니
진한 추억이 잔 속을 채운다.

갈색으로 번지는 시간의 유랑
마주할 사람 없어
홀로 마시는

커.
피.
한.
잔.

잠시 너를 유혹해도 된다면

그래서 오늘 하루만

마음을 나눌 수 있다면

참 좋겠다.

해 질 녘

어린 시절부터 해 질 녘이 좋았다
생명의 끈이 될 반찬거리를
소쿠리에 가득 채워
잰걸음 몰고 오시는 엄마의 치마폭이 나풀거리는 시간.

얼마큼의 키가 자라고
가슴 콩콩 부끄럼이 샘솟는 시절엔
몰래 숨어 보던 까까머리 풋사랑에게
분홍빛 마음을 감추는 시간.

저무는 해를 바라보며
이별이 눈물이란 걸
처음으로 알게 해준 해 질 녘.

　　　　　　　　　　　　　　　　　　　그대의 정원

어둠에 쌓여 바람도 먼 길 떠나고
내일의 희망을 노래하던 새들도
잠시 휴식을 취하는 시간.
욕심의 굴레를 벗어던진 사람들조차도
안식처로 향하는 발걸음이
분주한 저녁쯤.

설익은 어른의 자리에 서고 보니
누군가를 용서하기엔 소견이 좁고
고개 숙여 낮아지기엔 겸손이 모자라

어둠의 시간을 마주하며
비바람을 견뎌낸 들꽃이 되어 봅니다.
다시 찾아올 내일의 햇살에게
희망을 살짝 얹어보는
해 질 녘의 단상이여

옛 추억

산천은 변함없이 그대로인데
곱던 얼굴엔 주름진 모습
훈장처럼 달고 옛길을 달린다,

임 발자국 소리 들릴세라
가던 걸음 멈추고
두 귀 쫑긋 세워보지만
물소리마저 질투하는 건가
추억을 씻어내듯 함성을 지른다.

하늘 저편 구름 뒤에 숨은
첫사랑의 그림자 행여 찾아볼까
두리번거리다
애써 눈물 한 방울 삼켜버린다.

세월의 흔적은
퇴색한 담벼락에 잿빛으로 물들어
정적의 시간으로 흐르고,

그대의 정원

푸른 잎새에 이는 바람도

설레는 마음 어쩔 수 없어

삼키는 물빛 그리움만

아득한 옛길을 달린다.

추억

빨갛게 노을 지는 강 언덕 위를
너와 나는 미소 지며 걸어갔었지.

붉게 물든 양 볼 위의 따스함은
추억 속의 꿈

어렴풋이 떠오르는 너의 입가를
곱게 스쳐 간 희미한 자국

그건
영원한 물망초

그대의 정원

동 심

친구에게-
메마른 들판에 홀로 남아
젖은 눈망울이 흔들리고 있을 때,
한 송이 들꽃으로 피어날게.

동심

저 먼 아지랑이
눈가에 맴돌면
나,
지난 시절 그리워
밤을 하얗게 지새운다.

어쩌다 마주친
수줍은 미소는
우울함을 감싸주던
따스한 위로였고

끝없이 거닐던
마음의 오솔길 위엔
영원토록 푸르른
새잎이 움튼다.

그대의 정원

3월의 새싹처럼
삐쭉, 고개를 내민
어린 시절의 풍경들

대청마루에 불어오던
바람이 스쳐 지나간다.

너에게

밝아온 새 아침
번쩍 눈을 뜨라

그대 앞에 즐비한
무수한 도전을

지혜롭게 받아
힘껏 승리하라

오늘의 괴로움은
내일의 미소요

오늘의 안일함은
내일의 고통이리라

눈 부신 햇살은
하늘의 축복이니

세상을 향해

먼저 축복을 부어라

모든 만물도 너에게

행운을 빌어 줄 것이다.

저절로

아가의 맑은 미소
꽃의 사랑스러운 빛깔
숲의 고요한 바람 소리
오선지를 넘나드는 새소리
석양을 향해 드리는 감사기도

저절로 미소 짓게 하는
순수의 결정체가 모여
자연 속의 평화를 이룬다.

반짝거리고
눈부시진 않지만
내면에 쌓여있는
시간의 흔적을 지우며
순수하게 나이 듦의 미학을
애써 꿈꾸어 본다.

그대의 정원

소녀

새하얀 길 위엔 꿈이 있고
뛰는 가슴엔 무지갯빛 햇살
눈부신 환희가 피어오른다.

오늘의 고뇌가 힘겨울 때
내일의 설렘에 귀 기울여봐

두 손 모아 기도하는 간절함
길고 긴 방황은 고이 접어
책갈피에 잠시 숨겨 보렴.

소녀야
너의 입가에 미소가 번질 때
창공을 가르는 새의 날갯짓도
꿈의 깃발이 되어
춤을 출 거야.

난, 좋다

난 좋다
코스모스의 긴긴 가녀림과
그리움이 여물 듯한 하늘거림이

난 좋다
순백의 마음을 열어
모든 잡념을 순화시키는
청아한 선율의 노래가

난 좋다
마음을 설레게 하는
신비한 유혹
연보라색의 은은함이

난 좋다

온 세상이 새하얀

첫눈 내린 새벽길

뽀드득! 뽀드득!

뒤따라오는 발자국 소리가

난 좋다

내 곁에 머무는 불변의 우정

뜨겁진 않지만,

진실한 사랑이.

친구라서 좋다

세월의 끈을 잠시 접고
무지갯빛 미소를 띠며
설레는 마음으로 달려온 친구야

햇살마저 감동해 눈이 부시고
묵은내 나는 생각들을 씻어주던
초록 바람 소리에 영혼까지
맑아지는 선물 같은 날

오랜만에
함박웃음 터뜨리며
열 살쯤 뒷걸음질 친
충만한 기쁨 앞에
더 이상의 욕심은 부질없는 것

그대의 정원

계절의 여왕 5월!

꽃의 여신 장미여!

사랑과 열정이라는 꽃말처럼

장미를 닮은 뜨거운 삶이 되길

시선을 머물게 한 노란 장미

꽃말이 우정이라고 하지

오늘은

꽃보다 우정이 빛나던 날이었다.

2021년 5월 초등학교 친구들과 도당산에서

3 동심

감사 편지(어버이날에)

작은 눈물방울 모아
한 아름 꽃으로 엮어

어머니의 터진 손보다 굵어진
못난 딸의 손 마디마디에
그리움 적어 하늘에 띄웁니다.

위대하신 사랑 앞에
떨리는 무릎 꿇고
나지막이 불러보는 어머니.

이제야 철이 들어가는
미련함을 용서하소서.

새벽별이 잠을 깨면
어머니의 시간도 눈을 뜨고
따스한 밥상으로
등굣길을 데워 주신 어머니.

그대의 정원

갚을 길 없는 서러운 은혜

자식을 향한 내리사랑으로

보답하겠습니다.

주름살

놓으면 다칠세라
애지중지 품어주신
자식 사랑 주름 되어
세월만큼 쌓인 얼굴

얕은 잠 깊은 한숨
기도하며 모은 두 손엔
가뭄 볕에 터진 논보다
단단하고 깊은 주름

발길 더딘 귀한 자식
행여 올까 기다리는
팔순 노모 가슴속엔
눈물 서린 모진 주름

그대의 정원

저 산 넘어

순수했던 동심의 시절
나란히 걷던 동네 골목길

우리는 함께 뛰어놀았고
두 손을 마주 잡았다

먼 산을 향해
영원의 기도를 드렸고
두 얼굴엔 기쁜 미소가 서렸다

산둥성이 맴돌던 솜털 구름
바람결에 입 맞출 때
우린 고운 노래를 띄워 보냈다

저 산 넘어 엔
우리의 기도가 깃들고
둘만의 염원은
가슴에 고이 묻었다.

친구에게

메마른 들판에 홀로 남아
젖은 눈망울이 흔들리고 있을 때
한 송이 들꽃으로 피어날게

해 질 녘
말없이 슬픔을 감싸 안을 때
타오르는 모닥불이 되어
어둠을 밝혀줄게

긴 터널 지나며
지쳐 쓰러질 때
조용히 다가가 꼭 안아줄게

불행과 고난이 숲이 되어
널 가로막을 때
한 그루 나무 되어 길을 열어줄게

그대의 정원

서로 다른 둘이 만나

하나 되어 걸을 때

또 다른 거울 속의 나를 보는

그 모습이 친구이니까

꽃송이 같은 만남

꽃은 시들어도
냉정하게 버려진 말아

마른 꽃향기도
은은하게 좋아
오래오래 벽 한쪽에 걸어 두고
추억으로 간직한
그때를 기억해

어느 날
그 향기마저 사라지면
디퓨저 향 내음처럼 스쳐 가는
우리의 시간을 떠올리면 돼

아름다운 동행
수채화 같은 풍경
싱그러운 초록빛 우정

2017년 7월: 디퓨저(diffuser)는 방향제가 들어가 있는 병에 스틱을 꽂아 향을 확산시킨 것을 말함.

그대의 정원

길, 풍경

어느 날의 초상 –
바람의 휴식은 잠시였다가
언제나 제자리로 돌아와
더 아름다운 슬픔을 남긴다.

어느 날의 초상

I
시작도 없이 바람은 자유의 길을 떠나고
그의 낮은 속삭임에 몸을 흔들며
갈대의 가무는 시작된다.

작은 욕심마저도 덜어낸
가볍고 가벼운 이 편안함이여
구름 한 조각 쫓아 눈웃음 찡긋하니
작은 기쁨을 느껴보라 손짓한다.

한때는 갈대의 울음이
나의 눈물인 적도 있었다.
혼자가 아닌 어울림의 몸짓
그 모습은 차라리 평화에 가깝다.

그대의 정원

Ⅱ

바람의 휴식은 잠시였다가
언제나 제자리로 돌아와
더 아름다운 슬픔을 남긴다.

황혼 빛이 붉은 강물 위에 내려앉으면
이름 모를 작은 흰 꽃은
눈물에 젖고

때 묻은 영혼을 씻겨주던
길 위의 풍경들도
고요 속으로 떠나려는 채비를 한다.

흔들려서 상처뿐인 마른 목을 세우며
이별처럼 담담하게
갈대의 손짓에 악수한다.
다시 찾아드는 해 질 녘의 고요.

2017년 강경천에서

하늘

끝없이 펼쳐진 푸른 길목엔
예로부터 밀려온 나의 꿈이 어렸다.

어디쯤인가.
어디쯤인가.

성숙해진 작은 꿈들이
머언 하늘가에 원을 이루고

침체된 방황은
푸르른 창공을 시샘해
길 떠날 채비를 한다.

희미해진 시선
동공 끝에 매달린 무언의 바램들

그대의 정원

이제

길고 긴 꿈들을 주워 모아

무지갯빛으로 채색해 본다.

나풀거리는 파란 꿈이

하늘가를 물들이고

무한한 설렘이 넘실대는 곳,

바람조차도 드높다

1973년 5월: 여고 3학년 백일장 대회에서

비

잿빛 허공을 부딪치는
서러움에 겨운 울음이여

침묵으로 간직한
수많은 언어를
주위 삼켜 몸부림인가

희미한 시야 속에
아득한 옛이야기 가물거리고

분홍빛 사연일랑
흐르는 빗물에 띄워 보내리.

내려라, 비야
마음결 따라 흩뿌려라

그대의 정원

소라

백사장의 흐느낌이 아련한
외딴 바닷가

조그마한 손에 안긴
가엾은 소라야

하얀 물결 위에 던지는
너의 외침이 파도 위에 흩어지고

먼 하늘가의 뭉게구름
파도에 실려 넘실대는데

가만히 들려오는
소라껍데기의 낮은 속삭임
'곱게 물든 지평선 너머에
당신의 마음을 그려보아요.'

달

달은 항상 외롭고
그 속에 내가 있다

다정히 속삭이며
미소를 보낸다.

달은
저 멀리
조용히 사라져가고

내 마음은
언제나
하늘가를 배회한다.

달과의 대화 속에
그리움을 묻고
날 잃어버린 찰나의 슬픔

그대의 정원

보일 듯 말 듯

가지 끝 언저리에 걸린

슬픈 미소

달의 둥근 마음을 닮아본다

아침 산책

늦잠도 없는 햇살은
이른 아침을 깨우고

붉은빛을 갈아입고
솟아올라
설 잠을 달래며 어둠을 밝힌다.

향긋한 새벽 향기 속으로
잊혀진 그리움이 피어오르고
바람에 씻겨 투명해진
햇살도 눈이 부시다

희미해진 그림자처럼
흑백 사진의 기억으로
떠오른 이름

새벽바람에 실려 온
먼 이야기 속의 풍경을 그려본다.

그대의 정원

아름답던 날들

눈 부신 햇살 좋은 날이여

숲에 어둠이 내리듯

비 개인 숲
진한 초록 향기가
구름 품에 안긴 햇살과
짧은 인사를 하고

물기 머금은 참나무
도토리 한 알 툭 던지며
다람쥐에게 눈웃음을 보낸다.

누군가는
폭포수 같은 장맛비에
어떤 이는
잡힐 듯 잡히지 않는 코로나의 위력에
밤잠 설치는 걱정과 한숨

저녁이 오면
초록빛 숲에도 어둠이 내리듯
세상사 자연스러운 이치

그대의 정원

무거운 시름일랑 거두고

인생사 희로애락 함께 나누며

희망이란 내일을 만나고 싶다

비요일의 독백

바람 부는 대로
자유를 벗 삼아 누비던
길 위의 풍경들이
새삼 그리워지는 날

기약 없이 떠난 임
기다리던 망부석이 된 채로
종결(코로나)의 순간을
애태우며 기다리는 절실함

이유도 모른 채
삶의 방향을 잃어버리고
궤도를 이탈한 시간의
수레바퀴만 제자리를 맴돈다.

창밖엔 비가 내린다.
지구별의 아픔이 우주에 닿은 듯
세찬 눈물방울이 대지를 적신다.

그대의 정원

내일은

내일의 태양이 떠오르듯

흔들리는 제자리를 꿋꿋하게 지키는

새 희망은 계속될 거야

머지않아 벚꽃이 만발하면

우리들 가슴에도 하얀 꽃비가 내리겠지.

2021년 3월: 코로나가 장기화하는 것에 대한 우려를 표현함.

허수아비

남루한 옷차림 가녀린 몸짓으로
가을 들녘을 지키는 꿋꿋함이
우리의 화려함보다 빛이 난다

살갗이 익을 만큼 내리쬐던
햇살도 숨어버린 깊은 밤
얼마나 큰 외로움을 견디며
새벽이슬에 목마름을 적실까

사방에서 불어오는 바람에
찢기고 고단한 제 몸 하나
허리 굽은 농부의 땀방울에
다 내어주고

대가 없는 일생을 마감하는
무소유의 넉넉한
저 미소

2008년 9월: 농부 아버지를 그리며.

그대의 정원

계 절

낙엽-
새벽별의 밀어도 쌓이고
아껴둔 마른 눈물이 모여 퇴색한
가을빛이 되는 것.

봄의 소리

봄인 듯 겨울인 듯
경계가 모호한 계절

꽃샘바람에 움츠린
어깨 너머 작은 몸짓들

얼음 풀리는 강물 소리
마른 가지에 물오르는 소리
겨울잠 깨어나는 개구리의 기지개

절망의 시간을 지나면
희망이 달려와 손짓하듯

침묵의 계절 속엔
생명이 움트는 소리가
햇살을 타고 번져간다

꽃비

복사꽃처럼 발그레한 수줍음에
고개만 떨구던
아득하고 먼 시절

그리움 뚝뚝 지던 날
옅어진 기억들을 떠올리며
아픔을 위로하는
고운 눈 맞춤조차 안쓰럽다.

화사한 봄 사랑으로 피어올라
영원할 수 없는 기약을
소리 없이 흩뿌려놓고

순백의 웨딩드레스 적시던
스물셋의 앳된 눈물이
꽃비 되어 흐른다.

어느 봄날

꽃의 미소를 닮은
커피 향기 가득한
어느 봄날

삶을 나누며
내일의 시간을 꿈꾸고
어제를 거슬러 올라
오늘이란 계단 위에
희망을 살짝 얹어본다

좋은 만남은
행복한 시간을 만들어주고
아름다운 관계는
삶의 빛깔을 눈부시게 한다.

살아가는 의미를 부여하며
살아갈 수 있는 의지에
뜨거운 박수를 보낸다.

힘든 어깨를 나란히 기대며

걸음걸음 힘껏 내딛는

봄 길마다 꽃길이다

지금 우리는

여름날

부르지 않아도
재촉하지 않아도
또 하나의 계절은

친구처럼 곁에 머물다
닿을 수 없는 마음 전하려
바람 되어 길 떠난다

배롱나무 그늘에서
열기를 식히던
지쳐버린 여름날은
떠날 채비를 하고

영혼마저 태울 듯한
뜨거운 태양 빛은
사랑의 상처에 덧을 낸다.

침묵하는 바다를 향해

거센 파도의 사연을 들으며

기도하고 싶은 여름날이여!

가을밤

살갗을 어루만지듯
찬바람이 품에 안기고

저 멀리 추억만이
밤을 지새울 때

가느다란 그리움이
초점을 잃는다.

창가의 귀뚜라미는
목멘 호소에 지쳐가고
밤을 새운 소녀의 상아탑은
이른 새벽을 맞는다.

대지에 깔린 어둠 뒤엔
수많은 이별이 서성대고

그대의 정원

초롱초롱 별들의 밀어만이
귓가에 맴돈다.

모두가 떠나가도
가을밤에 흩어진
성숙한 기도 소리만
고요한 새벽 위에 쌓인다.

1973년 10월: 여고 2학년 일기장에서 발췌.

가을날의 풍경처럼

싱그러운 초록빛 봄을 닮은
스무 살의 청춘
작열하는 태양의 통증처럼
아프도록 눈부신 여름 같은 젊은 날

쉼 없는 바퀴보다 더
숨 막히게 달려온 시간들을
되짚어보며 잠시,
가던 길 접고
산등성이 빛바랜 벤치에 앉아
먼 하늘을 보니

어느새 가을을 닮아가는
세월 앞에 서 있는 나,
그리고 우리

그대의 정원

바람과 햇살과 물기를 머금고
풍요의 시간을 지나
찬란하게 내뿜는 저 단풍빛을 보라

아름다움을 넘어 황홀한
가을날의 풍경을 닮은
지금의 우리는 뜨겁진 않지만
완숙된 절제미

다시 한번 힘차게 솟아오르자
눈부시게 사라지는 석양처럼
내일은 새로운 시작이다.

별밤

나지막한 산하
꿈꾸는 뜨락에
포개 얹은 두 마음이
별빛에 스며든다.

싸늘한 촉감
떨리는 외로움
스치는 바람결

초겨울에 느끼는 애상
이슬 내려앉은 눈망울엔
간절한 염원이 깃들고

별 하나에 추억을 싣고
별 하나에 사랑을 묻고

낙엽

한 사람이 걸어온
지난 세월의 흔적이다

묻지 않아도 알 수 있는
수많은 사연이
흩날리는 낙엽 사이를 배회한다.

새벽별의 밀어도 쌓이고
아껴둔 마른 눈물이 모여
퇴색한 가을빛이 되어가는 것

화려한 몸짓이어서
더 아픈
우주의 소리를 듣는다.
툭툭 낙엽이 진다

가을은

가을은
햇살처럼 행복이
가슴에 쏟아집니다.

가을은 자꾸만
시선이 하늘을 향하고
파란 꿈 가득했던 시절을
추억으로 물들게 합니다.

가을은 누군가
이름도 모습도 희미하지만
그리움의 존재가 되게 합니다.

쓸쓸해서 아름다운
가을 속으로
고운 생각 흩날리며
먼 길 떠나고 싶습니다.

그리워하는 것만으로도
마음이 따스해지는 것은
고향이 존재하기 때문입니다

추억을 함께했던 얼굴들
변치 않는 가슴 언저리의 이름들
빈 의자 하나 준비해 놓고
싸리문 밖을 서성이는
기다림의 계절입니다

초겨울 숲에서

가을의 끝자락
아니, 아니지 겨울의 문턱에서
갈대가 운다.

누군가의 그리움을
대신 보듬어
아리도록 낮은 울음을 울어주는
갈대의 서러운 노래

흔들리며
비틀거리며
그래도 멈추지 않는
걸음을 걷는다.

산자락에 길게 늘어진
스산한 숲 그늘만이
초겨울 속으로 사라진다.

그대의 정원

첫눈을 바라보며

첫눈처럼 소리 없이
그가 왔으면 좋겠다.

윤슬에게 띄워 보낸
비밀 하나쯤 가슴에 담고

수줍은 분홍빛 얼굴일랑
댓잎 바람에 씻으며

가볍게 달려와
아껴둔 언어로
눈꽃을 그려보고

첫눈처럼 사라진 눈부신 시간들을
아쉬워하지 않았으면

그랬으면 참 좋겠다.

12月의 독백

생각이 먼저 눈을 뜬 아침
함께 달려온 시간이
이른 새벽 강기슭의 물안개처럼
소리 없이 피어오릅니다.

그땐 정말 몰랐습니다.
사계절의 아름다운 풍경들이
그리움의 잔상들임을

꽃으로 피어나는 설렘
초록빛의 싱그러운 이야기
갈색으로 채색되는 추억
눈송이 흩날리는 날엔
차라리 아픈 그리움

눈물이 기쁨이 되기까지
길 위에 뿌려진 수많은 생각
그리고 갈등의 아우성

후회 없는 숱한 길 위에
쌓여가는 숫자의 시간이
성숙한 마음을 선물해 주었습니다.

지구를 수없이 돌고 돌아
스물의 자리에 돌려놓은
따스한 하나의 힘은
순수하고 변함없는 마음입니다

붉게 물드는 석양처럼
언제나 그 자리에서
고운 빛으로 머무르겠습니다.

사랑, 이별

첫사랑

– 아프지만 견딜 만하고 슬프지만 아름다운

어떤 이야기

첫사랑

그냥 아프다
이유도 없이 잠이 안 온다.

아픈데 아프다고 말도 못 하고
하루 종일 생각나고
못 잊어 마음만 슬프다

비 오는 날 쑤셔오는
관절 통증처럼
비 오는 날이면
아득한 아픔이 되어
뼛속으로 흘러내린다.

약도 없고
기약도 없고
빗소리를 타고 나타나는
치유 불가 고질병

아프지만 견딜 만하고

슬프지만 아름다운

어떤 이야기

기다림

먼 창공이 멍이 들었다.
해저 움에 지친 산마루 그늘
희미한 그림자만 서성거린다.

기나긴 애태움의 시작인가
무한한 어두움의 존재.
별들의 사랑은 홀로여도
외롭지 않다고
바람이 전해주는 따스한 위로

오늘은 멈추어도
슬퍼하지 않으리.
선물로 다가오는
또 다른 내일이 존재하기에

이별

화려한 봄날처럼
꽃으로 피어난 사랑

여름날의 태양처럼
뜨거워서 멍든 자국

추억 하나 남겨놓고
썰물인 듯 멀어져간 이별
서러움은 차라리 사치였다

쓸쓸한 가을은
쉬이 왔다 더디게 떠나고
이별을 껴안듯
밤새워 쌓이는 흰 눈만이
겨울밤을 포근히 감싸준다.

따뜻한 말 한마디

사람과 사람 사이엔
소중한 것 하나가
기둥처럼 버티고 서서

믿게 하고
생각하게 하고
외롭지 않게 하는 힘이 있다

든든한 존재
먼 거리지만
가까운 촉감

마음에서 마음으로 연결된
사랑이라는 끈

세상 최고의 기쁨을 주는 말

내가 지켜 줄게.

세상 어디에도 없는 말

사랑한다.

견딤의 미학

폭풍처럼 막아설 수 없는 아픔이다
밀물처럼 스며드는 설움이다

손등에 입맞춤하듯
갑작스러운 찰나의 두려움

알 수 없어 견딜 수 있는 상흔
너덜너덜 찢겨도
이 악물고 참아내는 순간들
숨길 수 없는 마음속 계곡엔
처연한 아픔만이 흐른다.

파편처럼 옹이 박힌
시간의 안간힘만 있을 뿐

그대의 정원

다시

폭풍으로 돌아와

후벼 파는 슬픔이다

견딘다는 것은.

커피와 그리움

비워지는 찻잔을 들여다본다.
식어가는 온도
바닥이 보이면 일어나야 한다.
그리고 또
눈보라 속을 달리며
따스한 순간을 그리워하겠지

입술이 머물렀던 커피 향의 온기
누군가 부질없다고 할지라도
생각을 이어가며
겨울 나그네는
그리움을 떠올리겠지

인생은 그런 거니까
우리의 모습이니까
오늘의 그리움은
보랏빛 선물이다

그대의 정원

찻잔의 바닥이 보인다.

이제 일어나야겠다.

윤슬에게

하얀 물거품이
할퀴고 간 바위에 헤아릴 수없이 많은 거북손이
숨을 몰아쉬며 함성을 지른다.

어서 오세요.

겨울 바다의 향기를 따라

조릿대 사이
작은 오솔길을 지나
햇살이 데워 놓은 바위 끝에 앉는다.

세상과 단절된 편안함
바다는 끝이 없고
시간 위에 피어나는 생각의 찬란함이 빛나는 안식처

그대의 정원

들키지 않는 슬픔으로

조용히 흐르는 눈물

바람에 씻긴 미소를

윤슬에게 보여줄 수 있어서

오늘은 눈부시도록

고운 날이다.

2017년 1월: 거북손은 바닷가에 사는 따개비 종류로 해안가에 바위틈에서
볼 수 있다.

미완성

시냇물에 종이배를 띄우며
머언 바다를 꿈꾸던 한 아이가
바다 밑에 펼쳐질 눈부신 그림을
미완성으로 남겨둔 채

강물로만 흐르다가
다시 멈추기를 반복했던 시간 속으로
기적의 문을 열고 돌아왔습니다.

텅 빈 마음 밭 뜨락 한편에
빨강 노랑 채송화를 심고
뒷동산에 울려 퍼지던
봄의 교향악에 날갯짓하며
날아보고 싶었던 아이

흐르던 시간은 지워져 가고
참아내던 눈물은
다시 강물로 흐르는데

미완성의 그림을 완성해보는

맑은 물빛 같은 사랑

회상

모른 척 숨어있었던
염원 너머로 사라질
이야깃주머니가 열렸다

보석을 캐내듯
빛바랜 이름 찾아내려
여명이 드는 것도 잊었네.

비밀 서랍에서 잠자던
누렇게 빛바랜 일기장을 꺼내
과거 속으로 시간여행을 떠난다.

하얀 지면을 메꾸며
마음으로만 삭여낸 진심
긴말 전하지 않아도
순백의 마음을 닮은 것 알아

그대의 정원

혼자 걸어도

혼자가 아니었어.

대나무 잎 울음을 닮은

너의 존재

바람이 전해주는 말

생각납니다

쌀쌀했던 차가운 바람이
온몸으로 파고들던

칼날 같던 바람결이
심장을 후비고 난리를 치던
그날!

생각이 납니다.
방법을 알면서도 바보처럼 서 있던
석고상이 되어버린 그 순간
정지화면처럼 다시 나타납니다.

아!
기억의 바닥에
밑그림으로 자리 잡고 있었던
잊으려 발버둥 친 세월

그대의 정원

그 위에 덧칠해진 삶

뼈가 시리도록 아파오네요

견디지 못해 헛웃음만 치네요.

이미 지나버린 시간이지만

아름답다고 말하는 이 있어

기억의 더듬이를 조심스레 움직여보네요

기적입니다

더듬이가 살아있다니

시간

거슬러 오른 시간 앞에서
상실의 순간들이 되살아난다.

전할 수 없었던 마음
맨 밑자리에 켜켜이 쌓아놓은 채
상처로 남은 흔적
지워보는 안간힘만 눈물 되어 눈 위에 녹아내린다.

바람 속으로 멀어져가던
옷자락은 닿을 듯 말 듯 끝내 굳어버린
손끝의 떨림
떨구어 버린 고개 위로
눈꽃이 시리도록 쌓인다.

어느 날의 슬픔이
아름다운 기억으로 찾아와
홀로여도 아름다웠노라
겨울 바다에 띄워보는

그대의 정원

지금,

고이 접어 둔 시간들을 펼치며

애써 미소 진 눈가엔

이슬 같은 꽃망울이 진다

차 한 잔의 의미

갈빛 가을이 진다

회색빛 도시
흔들거리는 발길은
차가워진 체온을 나누며
움츠린 어깨를 스친다.

반쯤 열린 미소
숨겨진 너만의 고독

초겨울의 거리가 따라온다.

바스러진 나뭇잎
춤추는 거리 위엔
어둠이 내려앉고

따스한 정 담아

수줍게 건네던

호지차의 발그레한 빛깔이

그리움으로 넘실대던 날

아스라이 먼 이야기

가을 속으로 흔적을 지운다.

2017년 11월: 호지차는 로스팅한 녹차의 한 종류임.

잃어버린 것들

원래는 내 것이었는데
운명인 듯 잊고 살다가

어느 날
소리 없이 주인이 되어
내 곁에 머문 바람처럼 스쳐 가는 그대여

잃어버린 물건은 사라져도
잃어버린 마음은 가슴에 옹이가 되어 버리지

영원히 포기한 듯 살다가
불현듯 떠오르는 그리움

그래, 그렇지
우린 잃어버린 순간들을
우연히 되새김하며
추억 속에 머물기도 하는 거야

그대의 정원

감정의 온도

선물처럼 짧은 배웅을 받고
손 흔들어 아쉬워하는
헤어짐의 긴 여운

나란히 걸어야 할
삶의 여정이기에
식혀야만 하는 감정의 온도
끝내 견뎌내는 아픔도
깊어지는 삶의 가치가 된다.

모든 일에는
기다림의 시간이 필요하다

창가에 부딪히는 빗소리에
번져가는 홀로의 외침이다

어떤 이별

흰 구름 아스라이 멀어진
빈 하늘가
길도 없는 길 떠나는
아름다운 동행

레일 위를 달리는 기차는
고장도 없고
멀어져간 거리만큼
무거운 침묵

코스모스 분홍빛 미소에
환해지던 마음 싣고
바람 따라 흘러간
시간의 조각들
구뜨레 나루의 이별

구뜨레: 부여 백마강 선착장(고란사를 오가는 황포 돛대 유람선 타는 곳)

그대의 정원

재회

아스라이 멀어진 기억들이
강물 위에 윤슬처럼 피어올라
굳어진 마음을 적신다.

더 이상 마음 아프지 말라고
가시밭길 헤치며 잘 걸어왔노라고
시린 비바람 지나간 자리에
햇살처럼 다가와 미소 짓던 너

꽃그늘 한자리 내어 줄게
지난 세월 잠시 쉬어 가도 괜찮아

홀로 거니는 뜨락에 달이 지듯
어깨 위로 흐르던 슬픔아

인생(위로)

그러려니-
희망 꽃 하나 마음 밭에 가꾸며
그러려니, 그러려니 하며
걷는 거지. 정답 없는 인생 길.

영혼의 안식처

삶의 기로에 서서
작은 몸짓이 흔들립니다.
가슴 속 고성이 대지 위에 흩어지고
쓰린 심장 소리만 가득합니다.

풍선처럼 부풀었던 꿈 조각들이 흩어져 버린 시간들.

단단했던 희망의 계단에
어두운 발걸음만 쌓여가고

방황의 끝에 서서
십자가상을 향한 두 눈에
눈물이 멈추지 않을 때

그대의 정원

세상 어디에서도 볼 수 없는
인자한 미소를 만났습니다.
영혼의 따뜻해지는 말 한마디
무언의 약속입니다.
"너와 함께하리라"

어느 날의 기도 Ⅰ

가진 것들을 자랑하지 않게 하소서
주님이 마음을 바꾸시면
모든 것이 헛된 것임을 깨닫게 하소서.

물질의 숫자를 셈하는 어리석음보다는
하늘의 별을 세며
흐르는 강물을 바라보며
창조주의 능력을 찬양하는 지혜를 주소서.

제 옷 벗어버리고
하늘을 향해 떨지 않는 겨울 나목처럼
헛된 욕심 모두 비워
하얀 빛으로만 가득하게 하소서.

어둠 속에서도 찬란한 별처럼
메마른 세상에서
따스한 사랑이게 하소서.

그대의 정원

발가벗은 겨울나무는
차가운 바람을 원망하지 않듯
부족함을 탓하지 않게 하소서.
하루의 기적에 감사하게 하소서.

저의 얄팍한 생각과
힘이 없는 결단은
세상을 향해 자꾸 부서지려 합니다.
당신의 단단한 밧줄로
붙들어 매어 주소서.
흔들리지 않도록.

어느 날의 기도 II

한 걸음 한 걸음
지나온 그 자리
아름다운 길 되게 하소서.

주님을 닮은
향기 한 조각
작은 씨앗으로 뿌리내리도록
마음의 텃밭이
사랑의 옥토가 되게 하소서.

하나의 몸짓과 표정
그리고 말투까지도
당신의 딸이기에
부끄럽지 않도록
말씀으로만 다듬어주소서.

그대의 정원

아픈 기도 III

주님!
수많은 기쁨 앞에서도
미처 깨닫지 못했습니다.
함께 했던 시간의 소중함을.

주님!
때 늦은 칼바람 앞에서
따스했던 햇살의 고마움을 간신히 기억하며
마음을 다잡아봅니다.

이제야
지쳐가는 마음을 부여잡고
호소에 가까운 용서를 구합니다.

고인 물처럼 더럽고 냄새나는
숨겨진 모습을 후회하며
작은 미물의 세력 앞에서
그저 부끄러워할 뿐입니다.

항상 용서하시는 주님!
가끔 이해한 척하면서
용서했다고 믿는 교만함을
긍휼히 여기소서.

지금 우리가 겪는 고통은 자연에게 무심했던
저희들의 과오임을
너무 늦게야 깨달았습니다.

2022년 3월: 장기화하고 있는 코로나에 대한 기도.

그대의 정원

소소한 행복

1.

청아한 초록 공기를 마시며 떠오르는 햇살에 눈 부서하던
숲속 산새들의 아침 인사

길 따라 걷고 또 걸으며
마음 통하는 대로 스스럼없이
삶의 보따리를 풀어내어
아름다운 일상으로 느끼던
날들

따끈한 국물 한 그릇에
얼었던 손끝이 녹아내릴 때
몸서리치며 행복해하던 시간

아직도 쌩쌩한 두 발의 자유로움
아름다운 사계를 누비며
멋진 풍경을 마음에 담을 수 있음은
바로 하늘의 귀한 선물이란 걸
이젠 알아.

2.

아침에 눈을 뜨면 감사 기도를 드리고
사랑하는 이름을 떠올리며
가슴 뭉클함을 느끼던 날들

호흡하는 하루를 만날 수 있어서
누군가 내 곁에서 어깨를 기대게 해주고
흔한 이름이 아닌
특별한 존재로 불러줘서 눈물겨운
작지만, 파도처럼 밀려오는 기쁨아.

그대의 정원

3.

삼삼오오 모여

옆자리 눈치 보일 만큼

크게 웃어 볼 그날이

반드시 오고야 말 거야

빼앗긴 들에도 봄은 왔듯이

코로나가 훔쳐 간 소소한 행복도

머잖아 봄길 따라

사뿐사뿐 걸어올 거야.

두 팔 크게 벌려

널 맞아 줄게.

어서 와 주렴.

2019년 3월: 코로나 펜데믹에 수지에서 쓴 글.

축복

조금만 조금만 더 낮게 눈을 뜨면
이 세상 모두가 축복인 것을

닫힌 마음
하늘을 향해 활짝 열면
눈 부신 햇살이
청아한 빛으로
우둔함을 씻어주고

뛰던 발길 잠깐 멈춰
옆길에 서니
숨어있던 작은 들꽃도
희망을 노래하고 있었네.

슬픔의 끝에 서서
누군가의 손길이 그리울 때
나지막이 들려주신
주님의 음성

그대의 정원

'다 네 것이다!'

나뭇잎 새 흔들며 지나가던
한 줄기 바람도
내 마음을 어루만지네.

스승님께

갈피 갈피의 마음들이
여기, 다소곳이 모였습니다.

가진 건 다만 텅 빈 다섯 손가락뿐
드높은 스승님의 사랑을 의지해
이렇듯 담대하게 나섰습니다.

칠흑 같은 무지의 세계에서 헤어 나와
고귀한 이상을 실현하고자
연약한 모습으로 그리도 버둥거렸나 봅니다.

스승님!
수레를 이끄시던 열 마디마디에 매달린
저희들의 환호성이 들려옵니다.

그대의 정원

오늘의 힘겨움도 잊으신 채
제자들의 찬란한 미래를 위해
헌신하시는 숭고한 사랑이시여!
우리들의 미래는 밝아옵니다.
떠오르는 내일의 아침을 기다려 봅니다.

세상을 환히 비추는 햇살처럼
어둠을 몰아내는
화려한 빛으로 일어서겠습니다.

1973년 5월: 여고 3학년 스승의 날에 쓴 글.

무지無知

냉혈이 흐른다.

차가워진 시선을 미소에 담아
용서와 아량을 베푼다.

안으로 파고드는 세찬 파도는
현란하게 요동치지만

조용해진 비명은
애처롭게 허공을 맴돈다.

생각은 서서히 식어 가는데
붉은 피의 온도는 아직 뜨겁다.

그래서
우리는 서로를 모르는 존재들.
수평의 길을 영원히 걸을 뿐.

그대의 정원

무제

말 없는 세월 속에
저만치 고목이 서 있다.

끝없는 동요가 있던 자리에
너 없는 내 모습처럼

무심한 시간은 흐르고
밤을 꼬박 지새운
설익은 연륜은
달빛을 쫓아 배회할 뿐.

이름 없는 허상을 닮아
가도 가도 공허한
빈 들판 같은 외로움.

한 움큼 세월을 먹은 넌
고뇌로 단련된 아픔이다.

여기에 해묵은 시간의 언어만이 홀로 몸부림친다.

체념

아지랑이처럼 꿈은 피어오르고
닿을 수 없는 손짓에
눈물방울 이슬 되어 흘러내린다.

마음속을 적시는 조용한 외침은
삶을 비웃는 쓸쓸한 독백이다

더 이상 꿈을 꾸지 않는 내일은
차가운 슬픔에 가깝다.

원시적 에덴을 닮은 만족 하나
벌거벗은 마음에 담아
염원을 담은 노래를 부른다.

햇살을 닮은 희망 한 줄기도
눈부시게 반짝거린다.

한순간의 체념은
절망도 아니다.

그대의 정원

침묵

한마디 말이 없어도
나무라진 말아 주세요.
머언 곳을 바라볼 꿈은 있으니.

지그시 감긴 눈을 보아도
슬퍼하진 말아 주세요.
창공을 날고 있는 새처럼
힘찬 도약을 꿈꾸는 내일이 있으니

애수 어린 눈빛을 보며
애태우지 말아 주세요.
뜨거운 눈물 속에도 희열은 있으니.

기로의 서성임을 외면해도
망설이지 말아 주세요.
눈부신 한 줄기 햇살이
반짝이는 아침을 데려오니까요.

새날

빠른 걸음 서두르지 않고
주어진 삶을 가슴에 품은 채
노래하며 걷고 또 걷는 길.

초 향 가득한 낯선 찻집에서
파도에 실려 오는 꿈을 봅니다.

남은 생에 찾아올
보이지 않는 돌밭길이
가끔씩 얼굴을 내밀어도

일곱 빛깔 무지개를 꿈꾸며
새날을 마중 가렵니다.

그대의 정원

딱 그만큼

시련은 견딜 만큼
더위도 참을 만큼
딱 그만큼.

삶의 무게도 버틸 만큼
살아낼 힘만큼.

웃을 힘이 모이면
세상은 온통 초록 세상.
진하지도 연하지도 않은
딱 그만큼의 싱그러운 빛

다가가면 무거워지고
멀어지면 아쉬워지는
너와 나의 거리도
딱 그만큼.

생각이란 묘약

힘들다고 생각하면
세상은 지옥
고맙다고 여기면
세상은 천국

누구나 아는 정답인데
고민만 잔뜩 짊어진
삶의 무게는
천근만근쯤 될까

생각으로 만들어가는
삶의 걸음걸음마다
더하고 빼기는 내 몫이니

나눔은 더하고
욕심은 덜어내어
눈부시게 빛나는
지구별을 꿈꾸어 본다.

그대의 정원

생각 하나 바꾸면

묘약처럼 펼쳐지는

덧셈과 뺄셈의 삶이여.

위로

어쩌다 지친 걸음
걷다 보니 떠오른 이름.

뜻밖의 방문에도
호들갑 떨지 않고.

참 푸르다
저 하늘 좀 봐.

구름은 왜 말없이
천 리를 갈까

소리 없이 내미는
어깨 위의 손길이
눈물겹게 따스하다.

한마디 묻지 않아도

전해지는 어떤 이의 위로가

잠시 스러진 몸을

일으켜 세운다.

엄마의 자리

젖무덤을 파고들던
꼬꼬마 시절이 언제였는지
기억에도 없다는 듯.

주체 못할 영리함으로
기쁨을 쏟아 놓더니
놀란 가슴을 덧칠해 놓고
대나무 마디마디처럼
쑥쑥 큰 키를 뽐내며
먼 시간 속으로
속사포처럼 달아나버리는구나

이젠
제법 어른이라고
손길을 거부하는 내 새끼들.
어른인 척해도 어쨌든
내 맘속엔 평생 어린아이란다.

빈 둥지를 지키는 어미 새처럼
가끔 먼 하늘에 가족사진 띄워놓고

요놈은 출근했겠지
작은놈은 재택근무 중.
손주 녀석들 등굣길 상상하며
벌어지는 입가의 미소

오늘도
엄마의 시간은 변함없이 흐른다.
단단한 이 자리를 부여잡고.

그러려니

내 마음 내 생각과 똑같은 사람
어디 있으리.
그저 그러려니 하고 사는 거지
난들 누구에게 그리 맞으리.

칭찬이 우선은 귀에 달지만
쓴소리도 때로는 약이 되는 것
그러려니 하고 사는 거지.

믿었던 사람 떠나간 아픔
살다 보면 잊혀지고
새로운 사랑 움트기도 하지.
그러려니 하고 견디면 되는 거지.

마음먹은 대로 풀리지 않는 세상사
불평 없이 애쓰다 보면
때때로 되는 일이 있지
그러려니 하고 살다 보면

그대의 정원

꽁꽁 언 겨울 산에도

초록빛 봄은 오듯이

그러려니 하고 살다 보면

인생은 언젠가 봄날이 되지

희망 꽃 하나 마음 밭에 가꾸며

그러려니

그러려니 하며 걷는 거지

정답 없는 인생길

보이지 않는 것

보이지 않는 것은
더 오래 남아 있다.
볼 수 없기에
더 선명하게 보인다.

보이지 않는 것은
기억 속에서
영원히 존재한다.

볼 수 없어서
더 깊어지는 그리움.
보이지 않아서
차라리 견딜 수 있는 아픔.

보이지 않는다고
영원히 사라지는 것은 아니다.
잠시 멈춰 서는 순간
또렷이 떠오르는 영상처럼.

　　　　　　　　　　　　　　　그대의 정원

보이지 않는 것은

확실한 기억이다.

기다림

반복되는 일상에
별처럼 빛나는 희망입니다.

비워내지 못한 허상과
혼자의 시간 속으로
걸어가는 설렘입니다.

오지 않는 과거 속으로
상상의 날개를 달고 떠나는
고독한 여행입니다.

성난 파도에 몸부림치는
물보라처럼.
잡힐 듯 사라지는 하얀 기억입니다.

그대의 정원

살아있기에 버틸 수 있는
견딜 만큼의 외로운 갈증.
희망도 설렘도 기억도
머물러 있기에 아름다운
영원으로의 시간입니다.

그대의 정원

햇살 한 줌에
수줍은 들꽃의 미소
꽃잎의 작은 흔들림

아껴둔 그리움은
비에 젖은 꽃으로 피어나고

그대의 손길 머문
뜨락 한 모퉁이에
고요히 내려앉은 달무리

마음 밭에
꽃씨 하나 심어 놓고
구석진 벤치에 앉아
꽃이 되어 오실
당신을 기다립니다.

그대여

별빛 되어 고이 머물다 가소서

마주하기

서로의 미소를 바라보며
별빛의 찬란함을 나누고

서로의 마음을 바라보며
햇빛의 온기를 느끼는

우리는
사랑을 전하는
지구별의 천사들.

고운 언어로 시를 노래하고
따스한 눈짓으로 마주하는
아름다운 동행.

마주 보고
또 마주 보고.

산티아고 순례길

부엔 까미노—

스치는 바람마저도 그리운 안부를 묻게 하고

아껴둔 사랑을 소리쳐

부르게 하던

길.

노랑 화살표

한 걸음조차도 떼기 힘든
거친 눈보라 속을
아홉 시간 걷고 또 걸어
피레네산맥을 넘으니
스페인 땅에 서 있다.

삶의 무게를 배낭 속에 담아
40일의 긴 여정에
첫발을 내딛는 순간이다.

꿈, 설렘, 기대는 사치스러운 바램일 뿐
*알베르게의 온갖 소음들이
험난한 내일의 시간을
예고해 주는 듯하다.

용서와 화해의 길

페르돈 언덕에 서서

살아온 순간들의 부족함을 깨닫고

생각이 자라는 침묵의 길 위에선

신은 우리를 시간으로 가르친다는

진리를 배우게 된다.

산티아고 순례길의 성지

철의 십자가 앞에 간절한 염원이 깃든

사진과 목걸이, 편지와 돌들이

수북이 쌓여 있다.

마음의 짐을 이곳에 내려놓고

눈물 어린 기도와 새로운 소망을 담아

내려가는 돌밭 길.

1,500m의 고지에서 생존하며
강한 비바람에 맞서는 갈대와
함께 걷는 길 위에선
인내와 겸손을 배운다.

보이진 않지만 소중한 것에 집중하는 길
황량한 초원이 펼쳐지는
메세타 고원의 기적이 보인다.
끝이 없는 밀밭과 쏟아질 듯 푸른빛을 머금은
드높은 하늘

키 작은 나무들의 속삭임이 들린다.
'내게 필요한 건 오직
한 줌 햇살과 빗방울뿐이었다고'

그대의 정원

고독한 길 위에서

방황하며 헤매 일 때면

날 따라오라 손짓하는 표지판 하나

순례길의 안내자는 노란 화살표다.

내면의 목소리를 들으며

의지를 넘어서는 태곳적 목소리에

귀를 기울이면서

버릴 것을 고민하고

도착한 종착지에서

새로운 시작을 마주한다.

비워 낸 삶의 방향에도

노란 화살표를 그어본다.

*2018년 4월 22일: Albergue(순례자들의 숙소)

길 위에서

삶 속에 용해되어 있던
감정들이 되살아나며
무뎌진 세포를 툭툭 건드린다.

기쁨과 감사
아쉬움과 그리움
때론 후회하며 인내하던 시간들이
눈물 맺혀 피워낸 꽃
순간순간들이 모두 기적이었다.

민트와 레몬 향을 뿜어내는
유칼립투스 나무 사이를 걷다 보면
지친 몸과 마음은 어느새 치유되고
잠시 앉아보는 휴식의 공간에는 먼 곳을 향한 그리움이 가
득하다.

"길을 걷는 너의 모습은
그 어떤 풍경보다 아름다울 것 같아"

그대의 정원

"채울 가슴이 모자라 아름다운 것들이 넘쳐나지 않을까?"

"무공해가 되어 돌아올 네 모습을 기대해 본다."

"도전하시는 엄마가 자랑스러워요."

가족과 친구들의 응원과
사랑을 나누며
꿈을 이루게 해주신 손길들에 감사하며 주님과 동행했던 길

길을 걷다 보면 생각도 함께 따라오기에
삶 속의 기적은
언제나 현재 진행형이다.

지친 삶을 쉬어가라고 어지러운 마음을 정리해 보라고
생각할 자리를 내어주는 카미노!
순례자의 길.

북대서양 땅끝, *피니스테레에 서니
여유롭게 흐르는 쪽빛 바다가
파도의 리듬을 타고 춤을 춘다.
씻어진 영혼을 아름답게 물들인다.

바위 끝에 걸터앉으려니
틈새에 숨어 있던 꽃 하나가 작은 미소로 말을 건넨다.
"거친 파도와 외로운 시간을 견뎌
이렇게 예쁜 꽃을 피웠노라고"
우연일까
하늘의 귀한 선물이었을까
순례 중을 받은 날은 64번째의 생일.
땀과 눈물방울로 얼룩진 카미노는
투명한 수채화를 닮았다.
고행이 아닌
감사와 사랑으로 그려낸.

---

*2018년 4월 23일 Finis Terre(세상의 끝이라는 뜻, 스페인의 땅끝)

그대의 정원

부엔 카미노

산티아고를 향해 열려 있는
카미노는
동행할 친구가 없어도
순수한 자연 환경이 마음을 풍요롭게 채워 주는
아름다운 우정의 길이다.

서로의 평안을 묻는 *부엔 카미노!
나이도 국적도 묻지 않는
길 위에서의 한 마음

카미노는
자신을 들여다보고
내면이 성장할 수 있도록
시간의 자리를 내어준다.

처음엔 배낭이 무거웠지만
걷고 걷다 보면
생각의 무게가 점점 더 무겁게 느껴지는

산티아고 순례길.

걸음걸음마다

마음의 짐을 내려놓고

드넓은 초원과 광야 같은 길을 걸으며

뿌린 땀방울 위에

생각의 열매가 맺힌다.

인생이 아름다운 것은

삶 속엔

말로는 표현할 수 없는 것들이

깃들어 있기 때문일 것이다.

스치는 바람마저도

그리운 안부를 묻게 하고

아껴둔 사랑을 소리쳐 부르게 하던 길

슬픔과 사랑은

마치 한 몸 같아서

그래서 자꾸 눈물이 난 거야.

그대의 정원

사랑하기에 미워도 하고

사랑하기에 품었던 원망의 부스러기들을 떨구며

생각 따라 걷던 800km

내가 존재할 수 있음은

네가 있었기 때문이었고

우리 삶의 여행길은

참 좋았노라고 감히 말할 수 있었던

생각이 먼저 질문을 던지는

고독한 산책

부엔 카미노!

---

*2018년 4월 23일: Buen Camino(좋은 길)

마무리 글

부모님의 만류를 뿌리치고
서울로 올라왔을 때는
나름 큰 꿈을 꾸고 있었다.

그러나 스물셋에 발목 잡혀
그 꿈을 제대로 펼쳐 보지도 못하고
이제껏 접어두고 살았다.

후회스러웠다.
많은 기대를 한 몸에 받았던
지난날을 생각하며
갈등하며
많이 울었다.

이런 날

그대의 정원

지켜보시던

부모님은 막내딸을 위해

시골 교회의 새벽 제단을 지키셨지만,

내가 원하던 삶이 아니라

많이 흔들렸다.

사실, 부러질 수도 있었다.

주님이 붙들어주지 않았다면,

아들 셋이 날 바라봐 주지 않았다면,

아마, 욕망의 늪에 빠졌을지도 모른다.

다행히 견뎌냈다.

그 힘은 농부의 딸이라서 가능했을 것이다.

한 해 농사를 망치지 않으시려고 잡초와 전쟁을 선포하고,

물관리를 위해 밤잠을 설치시거나,

태풍이 불면 안절부절못하시는 부모님을 도울 수밖에 없었다.

이런 연유로 부모님을 닮아,

부지런히, 걷고, 읽고, 기록하고, 기도하는 것이

습관으로 자리 잡을 수 있었을 것이다.

그래서인지,

때론 슬펐지만, 외롭지 않았다.

고달팠지만, 힘들지 않았다.

무서웠지만, 두렵지 않았다.

벌레처럼 달라붙는 유혹을 이기기 위해 무릎 꿇었고,

지식의 갈증을 채우기 위해 도서관 문턱이 닳도록 드나든

덕에,

하루 만 보 이상을 걷는 것이 습관이 되었다.

이 결과

나이 육십 중반에 몽골의 야마트산과 열트산 트레킹과

산티아고 순례길 800km를 완주할 수 있었다.

이스라엘과 이집트 요르단 성지순례.

튀르키예와 그리스 성지순례.

서울 둘레길 157km, 제주 올레길, 강원도 해파랑길,

나이 육십에 일주일의 남도 배낭여행을 완주,

지금도 한국 100대 명산과 백경을 완성하겠다는

계획을 세울 수 있는 원동력이 되었다고 본다.

거기에다 특별한 하나님의 사랑과,

세 아들이 내가 못 이룬 꿈을

훌륭하게 채워 주었고,

무심한 남편의 부채질까지 더해져,

현재 난, 틈만 있으면 걷는 여자가 되어버렸다.

이제 길을 걷다 보면, 한 마리 새가 된 듯 행복하다.

다가오는 그리운 임을 마중 나가는 듯 설렘이 있어서 좋다.

그래서 난,

내일도 특별한 일이 없는 한,

송내역을 지나 성주산 길로 향할 것이다.

그곳에서, 초록의 나무와 억새, 이끼 낀 돌, 계곡물과 산새
소리와 만나,

한바탕 소리 없이 노래를 부르고 올 것이다.

헐렁해지는 가을의 자연을 만끽하면서,

쌓여가는 행복의 무게를 느끼고 올 것이다.

끝으로,

'그대의 정원'에 함께 씨앗을 뿌려, 아름다운 세상을 만들어
갔으면 좋겠다.

2022년 10월 31일

마무리 글